서초동 恋歌

서초동 戀歌
심순자 시집

초판 인쇄 | 2010년 05월 04일
초판 발행 | 2010년 05월 08일

지은이 | 심순자
펴낸이 | 신현운
펴는곳 | 연인M&B
디자인 | 이희정
기   획 | 여인화
등   록 | 2000년 3월 7일 제2-3037호
주   소 | 143-874 서울특별시 광진구 자양동 680-25호(2층)
전   화 | (02)455-3987   팩스 | (02)3437-5975
홈주소 | www.yeoninmb.co.kr
이메일 | yeonin7@hanmail.net

값 12,000원

ISBN 978-89-6253-056-8 03810

『한국명시선』
'서초동 시인' 심순자 시집

서초동 戀歌

〈서초동 연가〉

꽃과 나무로 덮힌 우면산은 싱그럽다.
맑은 하늘에 햇빛이 반짝거려도 좋고
컴컴한 하늘에서 비가 내려도 좋다.

잎이 무성한 나무 사이를
까치가 날고
산비둘기가 홀로 울기도 한다.

화려한 도심 빌딩 사이로 보이는
'예술의 전당' 은
멀리서 바라볼 것이 아니라
늘 푸른 그 속을 걸어 보는 것이 좋다.

가로수 휘늘어진 서초로(瑞草路).
남편과 함께 걷는 길은
지난 30년 우리의 인생길이다.
연탄길, 언덕길, 비포장도로 그리고 아스팔트…

마을버스를 타고 가면서
우면산 줄기를 바라보는 재미도 쏠쏠하다.
아무 옷이나 걸쳐 입고
아무도 알아보지 못하는 사람이면 어떠랴.

자꾸 하늘 눈치만 보는 오후.
플라타너스 우거진 '예술의 거리' 엔
문화 예술을 사랑하는 흐뭇한 인파로 넘친다.

일상에 쫓겨 피폐해진 마음과 마음을
아름답고 여유롭게 위로해 주는
푸른 숲 서초.

병풍처럼 둘러싼 우면산 끝자락
'꽃마을' 우리 동네.
가족이 있고, 이웃이 있고,
흙속의 생명붙이 꽃과 나무가 있다.

개나리 꽃길 너머 서초역 '향나무'.
수령(樹齡) 천년의 운치를 더한다.
홀로 떨어진 섬 같은 곳…
목가적 분위기 그 향기에 취해
그냥 그렇게 조용히 살고 싶다.

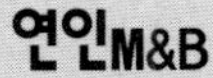
연인M&B

바람부는 초록빛 연잎의 물결 속에
하얀 꽃들이 점점이 보인다.

그 점 속에 내가 있고
내 속에 그 점이 있어,
하나의 우주가 된다.

'꽃중의 군자'는 백련이랜다.
한 송이 연꽃이 피기까지는
얼마나 많은 비바람을 거쳐야 하는가.

하늘을 향해
차를 한잔하는 여유.
자연의 위대함을 느끼는 기분 좋은 일.

홍련·백련·수련의 연꽃 세상…
뻘 속에서 진주가 나듯
진흙 속에서도 연꽃은 피어난다.

—〈연풍연가〉 중에서

심순자

시인의 길

초록이 많은 나라, 서초동. 365일 꽃이 피는 꽃마을.

문화 예술의 도시—서초동에서 30년 세월을 뿌리 내리고 살았다. 마치 서초동의 오래된 나무 한 그루처럼…….

초록나라, 서초동에서의 30년 오래된 삶은 어느 사이에 저자를 시인으로 만들었다.

서초동 하늘엔 아직도 잠자리가 날고, 호젓한 저녁나절엔 두부장수 딸랑 종소리도 들려온다. 이런저런 정서적인 환경 속에서 눈을 떠 보니, 어느 날 문득 시인이 되어 있는 것이 아닌가!

어린 시절, 아버지의 손을 잡고 감명깊게 보았던 영화 중에 〈나보기가 역겨워 가실 때에는〉이 있었다. 시인 김소월의 생애를 영화화한 것으로, 그 당시 초등학생이었던 어린 가슴에 깊이 남아 아직도 그 기억이 내 뇌리에서 떠나지 않고 있다. 더불어 한 시인의 멋스런 삶은 내 가슴에 오래 남아, 시를 사랑하고 시를 쓰게 되었다.

난해한 일부 현대시를 보며, 내 감히 그 옛날 아름다운 서정시의 부활을 꿈꾼다.

오랜 세월, 『한국명시선』, 『월간문학』, 『지구문학』, 『서초문학』, 『종로문학』, 『문학공간』, 『한국작가』, 『월간불교』, 『월간불타』, 『에세이문학』, 『시마을』 등 여러 분야의 순수 문예지에 발표한 작품 중에서 일부를 발췌하여 한 권의 시집으로 엮어 보았다.

여행을 좋아하여, 아름다운 우리 금수강산 팔도를 유람하며 풍월을 읊고 다녔더니 '방랑시인 김삿갓' 이라나?

문인협회의 여러 시낭송회에서 향토색 짙은 '한국적인 시' 를 쓰며, 국가와 사회에 기여하는 좋은 메시지를 전달하는 작가라는 호평을 듣기도 했다.

'가장 한국적인 것이 가장 세계적인 것' 이라고 했던가.

시낭송회에서 '핫이슈' 가 되었던 작품 중에는, 작곡을 의뢰하여 파급효과가 큰 명곡(노래)로 만들어 보는 것이 어떠냐는 제의도 많았다.

쉬운 시의 어려움…… 내 시가 부디 쉽고 편안하게 읽혀지고, 읽는 이 모두에게 삶의 지혜와 위안이 되는 글이었으면 좋겠다.

멀리 충청도에서 『월간문학』에 게재된 자작시 〈피아골 단풍〉을 읽고, 그 내용으로 문학강좌 수업을 하셨다는 분이 있다. 그리고 한 문단을 인솔하여 강원도 지리산으로 문학기행을 다녀오신 시인님. 피아골 골짜기를 따라 시, 〈피아골 단풍〉을 음미하며 그리고 공감하면서 다녀오셨노라던 분……

그리하여 시 2편을 멋진 붓글로 써서 보내주신 청솔 최관수 시인님께 감사드린다. 보내주신 〈피아골 단풍〉과 〈절 마루에 누워〉는 가보(家寶)로 소중히 간직하겠습니다.

치열한 경쟁과 끝없는 자신과의 싸움에서 이겨내는데 절대적인 도움을 주신 남편과 두 아들에게도 고마움을 전하며, 겸손한 마음으로 조용히 시인의 길을 가련다.

또한 각 방향에서 제의해 오는 수많은 문학상을 거부해 왔다.(검은 커넥션 때문) 결코 흔들리지 않을 것이다.

부디 내 시가 초석이 되어, 한국이 세계 최고의 관광국가로 도약하고, '문화 예술의 시대'가 열렸으면 하는 바램이다.

간절하면 써진다. 오늘도 '서초동 시인'은 쓴다!

2010년 새봄
회갑을 맞이하며
'서초동 시인' 심순자 書

'한·일 시의 축제' 시낭송회에서

| 차례 |

미용실 단상(斷想) _ 14

피아골 단풍 _ 16

절 마루에 누워 _ 18

미인도(美人島) _ 20

서초동 연가 _ 22

초록나라 _ 25

우면지(牛眠池) _ 28

마뉘꿀 고개 _ 30

소망탑(所望塔) _ 33

산골 약수터 _ 36

오색 목교(五色 木橋) _ 38

청계천을 거닐며 _ 40

툇마루에 앉아 _ 42

벚꽃 십리길 _ 44

사랑도 미움도 세월이 가면 _ 46

절망은 없다 _ 48

서울의 肖像 _ 50

도라산의 봄 _ 52

동백섬 지심도 _ 54

무릉계곡 _ 56

풍경소리 _ 58

개심사 가는 길 _ 59

소래포구 _ 62

바다 간이역 _ 64

연풍연가(蓮風蓮歌) _ 66

간월암(看月庵) _ 69

당신이 오는 소리 _ 72

전나무 숲길 _ 74

연리지(連理枝) _ 76

한결같은 사람 _ 78

新 희망가 _ 79

인사할까요 _ 82

겨울꽃 _ 84

우린 왜 이러고 살까요? _ 86

파꽃의 의미 _ 88

감이 익을 무렵 _ 90

거북이의 행진 _ 92

길벗 _ 94

꿈을 펼쳐라 _ 96

명품 세상 _ 98

문학동산 _ 100

살아 있는 그날까지 _ 102

사람답게 살자 _ 104

풀벌레 _ 106

페르시안 드림 _ 108

코코넛 나무의 전설 _ 110

해바라기 _ 112

고향 소묘 _ 114

서초동 戀歌

미용실 단상(斷想)

어지러운 마음을 추스리려
미용실을 찾는다.

잘려져나간 커트머리.
사라지는 잡념들.

어수선한 마음을 접으려
미용실을 찾는다.

코팅퍼머, 검은 염색에
흰머리 감추듯
쓸쓸한 속마음을 감추우고…

도시의 사람과 사람 사이엔
언제부턴가
잡다한 대화가 사라졌다.
차라리 침묵이 보배인지.

묻고 답하는 이 없어도
오고 가는 시선들.
알고 보면 무관심이 관심이다.

―『한국명시선』에 게재됨.

피아골 단풍

만산홍엽 물들이는 늦가을.
삼홍(三紅)의
빼어난 지리산.

피아골 삼홍은
산홍(山紅), 수홍(水紅), 인홍(人紅)이로다.

산도 붉고
흐르는 계곡물도 붉으니
그 곁을 지나는 사람마저 붉도다.

끝없이 밀려오는 승용차의 물결.
삼홍에다, 차홍(車紅)까지
내겐 사홍(四紅)이로세.

그 옛날
치열했던 한국전쟁 전사자

수천 명의 피가 흘러
계곡을 물들였대지.

한맺힌 붉은 영혼들이
피아골 골짜기를 따라
새빨간 핏빛 단풍으로 피어났는가
일열종대로.
피밭골이 세월따라 피아골이 되었느냐.

—『한국명시선』,『월간문학』,『월간불교』,『서울시단』에 게재됨.

절 마루에 누워

백담사 긴 마루에
뜬 구름 바라보고
누워 있는 저 중생아.

속세의 무거운 짐
바리바리 내려놓고
무슨 번뇌 잠겼는가.

고해(苦海)의 망상 속에
들려오는 목탁소리.

하늘의 별처럼
들의 꽃처럼
지혜롭게 사는 길은 없을까.

욕심을 버리면 가벼워진다.
버리고 또 버리니

방황의 끝이 오네.
나 홀로 '마음 다스리기'

—『한국명시선』, 『서초문학』, 『월간불타』에 게재됨.

미인도(美人島)*

남해 한려수도, 아름다운 쪽빛바다.
망망대해(茫茫大海) 짙푸른 물결 위에
혼자 버려진 고도(孤島).

여인이여,
어찌하여 푸른 바다 위에 누웠는가.
뭍에선
행복을 찾지 못했던가.

바다가 좋아
바다가 좋아

참살이*를 위한 나의 수고로움도
헛되지 않았거늘

파도는
오늘도 철썩이며 속삭인다.
'온 것처럼 가야 한다'

물이랑은 부서지며
여인의 발을 덮는다.
그러나
진정 덮어야 할 것은
이기심과 교만이 아닐까.

여인이여,
어찌하여 푸른 바다 위에 외로이 떠 있는가.

바다가 그리워
바다가 그리워

고독을 운명처럼…

—『한국명시선』,『월간문학』,『서울시단』에 게재됨.

＊미인도 : 남해 한려수도 바다 위에, 여인의 모습으로 누워
　있는 아름다운 섬.
＊참살이 : '웰빙' 의 순수한 우리말.

서초동 연가

꽃과 나무로 덮힌 우면산은 싱그럽다.
맑은 하늘에 햇빛이 반짝거려도 좋고
컴컴한 하늘에서 비가 내려도 좋다.

잎이 무성한 나무 사이를
까치가 날고
산비둘기가 홀로 울기도 한다.

화려한 도심 빌딩 사이로 보이는
'예술의 전당'은
멀리서 바라볼 것이 아니라
늘 푸른 그 속을 걸어 보는 것이 좋다.

가로수 휘늘어진 서초로(瑞草路).
남편과 함께 걷는 길은
지난 30년 우리의 인생길이다.
연탄길, 언덕길, 비포장도로 그리고 아스팔트…

마을버스를 타고 가면서
우면산 줄기를 바라보는 재미도 쏠쏠하다.
아무 옷이나 걸쳐 입고
아무도 알아보지 못하는 사람이면 어떠랴.

자꾸 하늘 눈치만 보는 오후.
플라타너스 우거진 '예술의 거리' 엔
문화 예술을 사랑하는 흐뭇한 인파로 넘친다.

일상에 쫓겨 피폐해진 마음과 마음을
아름답고 여유롭게 위로해 주는
푸른 숲 서초.

병풍처럼 둘러싼 우면산 끝자락
'꽃마을' 우리 동네.
가족이 있고, 이웃이 있고,
흙속의 생명붙이 꽃과 나무가 있다.

개나리 꽃길 너머 서초역 '향나무'.
수령(樹齡) 천년의 운치를 더한다.
홀로 떨어진 섬 같은 곳…
목가적 분위기 그 향기에 취해
그냥 그렇게 조용히 살고 싶다.

—『한국명시선』,『월간문학』,『지구문학』,『서초문학』에 게재됨.

초록나라
—세계 명품도시 · 일류 행복도시를 향하여

초록이 많은 나라, 서초동.
하늘 아래 첫동네.
삼백예순다섯 날 꽃이 피는 꽃마을.
바람따라 흔들리는 초록물결.
그 옛날, 논두렁 밭두렁은
번화한 도시로 변모했다.

온누리 꽃누리 서초로.
흐드러지게 핀 가로등주꽃길따라
님과 함께 걷습니다.

때론 도심 빌딩숲을 지나고,
약수터를 지나고,
때론 숲길을 걸어가고,
능선따라 산을 가슴에 품으면서
산허리를 돌아간다.

소가 누워 있는 모습을 닮은 우면산(牛眠山).

비둘기가 날으는 우면산 예술바위.
그 우면산 줄기따라 흐르는
문화 예술의 향기…

실개천 옥류따라 천천히 걷고
숲과 계곡에서
느린 하루를 보내는 느림의 미학(美學).

초록나라, 서초는
도심과 녹지대가 공존하는 곳.
사람과 사람 사이,
축복받은 도시이다.

오솔길과 고갯길,
저 언덕을 넘어
축복 여행을 떠나리.
숲길따라 걷는 길은
명품 트래킹 코스.

비가 오나 눈이 오나
한결같은 마음으로
님과 함께 걷는 서초로는
행복으로 이어주는 길.

축복의 땅, 천혜의 땅.
서초, 초록나라로 축복여행을 떠나자!

—『한국명시선』,『서초문학』에 게재됨.

＊가로등주꽃길 : 가로등 기둥에 매단 꽃바구니로 이어지는 길.

우면지(牛眠池)

서초골 우면산 기슭.
대성사 가는 길목의
한가로운 산책길.
'예술의 전당' 샛길 너머로
작은 연못 하나, 우면지.

연못 위에 바람 불어
물결이 일면
비둘기 떼 옹기종기 모이를 쫀다.

산허리에 걸린 구름안개.
예림(藝林) 울창한 소나무 숲 아래
선남선녀 웨딩촬영 신이 났구나.

연지곤지 꽃각시 꽃가마 타고
말탄 낭군따라 영원으로 가누나.
비둘기처럼 다정한 백년의 약속.

한 여인도 아름다운 비밀이요.
한 남자도 성스러운 비밀이라.
두 비밀이 거니는 연못가에
영원이라는 열매가 매달린다.

숲길 터널 아래로
흐르는 계곡물 소리.
계곡물이 흘러서 못을 이루니
자연과 예술의 아름다운 조화.

깨끗하고 고요로운 돌길에 서면
우면지 수면 위로 흐르는 문학의 향기.
시인은 시를 읊고
거리의 악사는 악기를 연주하며
풍류를 즐긴다.

―『한국명시선』, 『서울시단』, 『서초문학』에 게재됨.

* 우면지 : 서초동 '예술의 전당' 내에 있는 웨딩촬영의 명소.

마뉘꿀 고개*

서초 마뉘꿀 고개.
비비추, 옥잠화, 원추리, 수호초
꽃길을 따라 비가 내린다.

숲이 우거지고
골이 깊었던 고갯마루.
무심한 바람소리.

아무리 지친 걸음, 지친 어깨로
방황하다가도
돌아와 기댈 언덕이 있길래
외롭지 않다.

돌이켜 보면
우리 인생엔
수많은 고갯길이 있다.

인생길, 험한 길.

고갯마루길.
호랑이, 산적 숨어 나타나는 길.

매미는 숨어서 아침을 운다.
밝아오는 세계를 울고 있는
그 잘 보이지 않는 것들의 삶의 울음소리.

위를 보면 지옥,
아래를 보면 천국이래지.
운명아, 비켜라.
내가 가신다.

신이여
이 마뉘꿀 고개가
부디
힘든 내 인생의
마지막 고갯길이 되게 하소서.

—『한국명시선』,『서초문학』,『서울시단』에 게재됨.

＊마뉘꿀 고개 : 서초동과 반포동 사이에 있는 고개. 옛날 마뉘
골이라는 마을이 있어서 불린 고개로, 호랑이나 산적들이 자
주 나타날 정도로 한적한 곳이었다고 함.

소망탑(所望塔)

누구에게나 가슴속엔
소망 하나씩 있다.
그 누구에게도 살아야 할
이유 하나가 있듯이.

서초 우면산 정상.
소망 하나에 막돌 쌓기 하여
그 이름, '소망탑' 이라.

새해 해돋이를 바라보는
해맞이 소원.
정월 대보름날, 팔월 한가위의
달맞이 소망.

바람부는 대로
마음 닿는 대로 살아왔지만
세상만사 어디 내 마음 같던가.

부대끼며 살다가도
절대적인 그 무엇에 기대고 싶은
인간사 나약함이여.

우면산 산꼭대기에서
가슴 가득 고인 맑은 공기로
심호흡을 해 본다.

내 성한 두 눈으로 바라보고
이 튼튼한 두 발로 서초 땅을 디디며
양팔로 하나 가득 원을 그리는
나 자신을 발견한다.

내게 주어진
살아 있다는 사실 하나만으로도
삶은 축복이다.

그래서 우리는 열심히 살고 있다.

소원 성취를 향해,
오늘도 용감하고 씩씩하게…

—『한국명시선』, 『서초문학』, 『월간불교』에 게재됨.

산골 약수터

쉬었다 가세요.
삿된 생각 버리고
세상 피곤한 모든 사람들이여.

서초 우면산 산중턱
'소망탑' 가는 길목의
'산골 약수터' 에.

부부가 오셔도
연인이 오셔도
혼자 오시면 또 어떠리.

고단한 삶, 잠깐 내려놓고
목이라도 축이고 가세요.

마음은 열려 있지,
산은 손짓하지
지나가는 나그네는
인정에 목이 마르다.

흙길, 옛길을 따라
바람처럼 왔다가
구름처럼 갑니다.

바람처럼 왔다가
구름처럼 가는 인생.
잠시 쉬었다 가세요.

—『한국명시선』, 『문학공간』, 『서초문학』, 『서울시단』에 게재됨.

오색 목교(五色 木橋)

서초동 하늘에도
잠자리가 날은다!

돌틈 사이, 흐드러진 꽃무리.
그 꽃길을 따라
홍(紅)단풍, 청(靑)단풍이
나를 반긴다.

나무다리 육교를 지나면
눈앞에 펼쳐지는 번잡한 도심의 교통난.
하지만 여기는 나무 육교 위.

오색 불빛 찬란한
원형분수가 있고,
발등을 비추는 조명 아래
음악이 있어
쉬어갈 내 마음속 카페가 있다.

육교 위에 서면,
나는 어느새 한 마리 잠자리가 되어
구름 위를 날은다.

서초동 오색 목교는
행복의 구름다리.

—『한국명시선』, 『서초문학』에 게재됨.

청계천을 거닐며

사무치게 흙이 밟고 싶었다.
흙길향수…
종로는 나무 한 그루, 풀 한 포기를 원한다.

종로 네거리.
삭막한 콘크리트 정글.
빌딩숲 사이에서 숨이 막힌다.

내 고향의 잉어, 송사리 떼
개구리, 소금쟁이, 물방개 모두
청계천 맑은 물에 불러오자.

개울물엔,
그 옛날 징검다리를 건너던
독립의 의지, '김두한' 의 얼굴이 비친다.

종로 수표교 다리 밑.
우리는 독립의 후손을 거지로 두었던

부끄러운 역사가 있다.

청계천을 거닐면
긴 세월, 격랑을 이겨낸
그런 오아시스, 청계천 맑은 개울물이 나를 반긴다.

—『한국명시선』,『월간문학』,『종로문학』,『서울시단』에 게재됨.

툇마루에 앉아
―경기도 여주, 명성황후 생가에서

여섯살배기 색동저고리의
유년의 뜰.
봄은 쉽게 오지 않는다.
기다림의 여심(女心).

고택(古宅) 의 뒤란엔
잡초만 무성하니
슬픔을 딛고 일어서는
그 격동의 세월을 말함이냐

일인(日人)들은 아는가.
을미사변,
저 경복궁 옥화루의 참극을.
조선의 국모께서
속절없이 가셨도다.

우리 땅 즈려밟고
잃었던 조상땅의 툇마루에 앉아

다시는 빼앗기지 말자.
우리나라, 우리 땅.
명성황후시여.
이 나라를 수호하소서.

—『한국명시선』,『종로문학』에 게재됨.

＊옥화루 : 명성황후 시해장소.

벚꽃 십리길

쌍계사 벚꽃 십리길.
물길, 꽃길
섬진강 줄기를 따라
꽃비 내린다.

길 위에서 주운
어린 시절 눈부신
봄날의 기억.

긴 겨울을 이겨낸
왕벚꽃들이
벚꽃터널을 이루어
의연한 자태를 뽐내거늘

짧은 사랑, 긴 이별…
님이시여.
이 아름다운 세상 버리고
가셨나이까.

한 줄기의 빛, 그리고 바람.
흙 한줌, 돌 하나, 꽃 한 송이도
사랑하리.

내게 주어진 시간,
우리에게 남아 있는 시간이
얼마나 되랴.

벚꽃 십리길을
마음대로 왔다가
마음대로 떠나노라.

비껴가는 노을을 보며
세상 욕심 다 버리고
유쾌한 신선이 된다.
여행자여,
우리는 돌아가기 위해 떠난다.

—『한국명시선』, 『한국작가』, 『서울시단』에 게재됨.

사랑도 미움도 세월이 가면

산이 내 산이라고
날아온 공이 내 공이더냐.

날아온 호랑나비를
내 것이라고 붙잡을쏘냐.

우리는 왜 평생을
온갖 갈등으로 허송세월할까.

사랑도 미움도 세월이 가면
부질없는 것을,
오해와 편견은 인간을 파괴시킨다.

표현시대.
표현하는 사람이 아름답다.
오늘이 가기 전에, 늦기 전에
내 사랑을 표현하자.

과거는 바꿀 수 없어도
미래는 바꿀 수 있다.

블록틈에서 피어난 민들레.
민들레는 밟혀서도
기어히 피어난다.

—『한국명시선』에 게재됨.

절망은 없다

산에서 피면 억새,
강과 바다에 피면 갈대란다.

세상만사
내 덕이니, 네 탓이니 따지다
해가 뜨고 해가 진다.

평행선의 의미를 아는가.
영겁의 세월에
단 한 번 오는 인생.
우리 모두 다정한 길벗이 되자.

후회 없는 우리들의 길을 걷자.
우선이나 최선이 아니면
항상 차선을 생각해 두자.
절망하지 않으려면…

일부 한국인들의 독성(毒性),
여인들의 질투가

망국(亡國)의 근원이 아닐까.
질투하기 이전에 실력을 쌓자.
실력 있는 사람은 질투를 모른다.

우리 모두
냄비 근성의 국민성을 바꾸고
새해 새날에
꽃신 신을 날들을 기다리며
포근한 꽃잠을 자자.

버스를 바꿔 타도
목적지는 바뀌지 않는다.
그렇다!
우리 모두 구국(求國)의 길,
우리의 국민성을 바꾸자.

—『한국명시선』에 게재됨.

* 꽃잠 : 신랑 신부가 처음으로 자는 잠.

서울의 肖像

술에 만취한 취객이 번잡한 도로 위에
길게 누워 있다.
그 옆에 나뒹구는 휴대폰과 안경.

누구 한 사람 신고조차 않는 이 무관심.
바삐 지나가는 행인들은 눈길조차 주지 않는다.
지나가는 차들도 관심없이 세차게 지나간다.

도시의 무관심.
서울은 空洞이다.
양심의 空洞.
도시는 이제 인간의 향취를 잃어가고 있나 보다.
物神으로 상징되는 도시를 인간의 얼굴로 바꾸어야겠다.

벌써 여러 시간째.
울리는 휴대폰.
"아빠 전화 받으세요"
기다리는 가족들의 애타는 마음…

나는 인간 소외 도시에서 공존의 꿈을 찾는다.

—『한국명시선』,『월간문학』,『지구문학』,『서초문학』에 게재됨.

도라산의 봄

도라산역과 판문점, 그곳에도 봄은 왔다.
통일 염원을 상징하는 대표적인 장소.
한미 양국이 ‘희망의 장소’로 의미를 부여했다.
화해와 협력을 동시에 상징한 ‘망향열차’도
얼마 전에 운행했다.

그러나 판문점으로 들어가는 입구의 나무들은
아직도 봄을 맞지 못했다.
판문점에서 바라본 북한 기정도 마을.
멀리 인공기가 보인다.

판문점 3초소의 이름 모를 야생화.
3초소에서 바라본 북쪽 마을.
헐벗은 산이 보인다.

도라산역의 표지판을 지나니
귀여운 손바닥을 내밀고 있는 토끼풀이 보인다.

도라산역.
이곳에 사람들이 분주하게 오가는 날이 언제쯤일까.

—『한국명시선』,『지구문학』,『종로문학』에 게재됨.

동백섬 지심도

푸른 하늘 낮달이
섬하늘에 걸렸고나.

달려가 동백꽃을 볼지어다.
얼마나 붉은지
얼마나 사랑스러운지

정열의 동백꽃 위로
유유히 나르는 팔색조(八色鳥).
지심도의 명물, 팔색조는
동백의 벗이로다.

봄은
부유한 사람에게도
가난한 이에게도 찾아온다.

남해바다 거제 장승포에서
유람선으로 지심도를 향하니

국토의 남단, 지심도에서
일본 대마도가 지척이라
그야말로 유비무환(有備無患)이로다!

─『한국명시선』에 게재됨.

무릉계곡

긴 세월에
바위도 힘들어서
비스듬히 누웠구나.

삼화사 절 마당에
고고히 피어 있는 야생화.
금불상(金佛像) 앞에 두 손 모아
합장하는 다정불심(多情佛心).

안개인 듯 구름인 듯
우리는 신선이 되어
대관령 구름 속을 달려왔다.

학소대, 쌍폭포, 용추폭포를 바라보니
들려오는 범종소리.
세상만사 잊고서
무릉계곡 맑은 물에
속세에 찌든 발을 담궈 본다.

백팔번뇌 내려놓는
두 손 마저 담그면
바로 여기가 극락이로다.

—『한국명시선』,『월간불교』에 게재됨.

풍경소리

낙엽이 붉은 카펫처럼
깔린 오솔길.

길이 다하는 곳에 절이 있듯이
구도의 길도 끝이 보인다면
얼마나 좋을까.

마음을 비운 사람은
아름다운 소리를 낼 수 있다.
저 풍경소리처럼

더 낮은 곳으로
더 그늘진 곳으로
사랑을 나누어 주기를

사랑과 구원의
풍경소리 울려라.

　　―『한국명시선』, 『월간불교』에 게재됨.

개심사 가는 길

충남 서산시 운산면 신창리.
주차장 머리맡에서 시작되는 절집으로 가는 길.
세심동(洗心洞)과 개심사(開心寺) 입구라는 표지석이
우리 여행객들을 맞이한다.

야트막한 오르막길로 절집까지 100여 미터.
세심 그리고 개심의 길…
돌계단조차 원래 거기 있었던 듯,
가공의 느낌이 없다.

마음의 문을 열고(開心)…
일행과 상왕산을 오른다.
울창한 숲속에 자리한 개심사는
아담하고 운치가 넘친다.

절 마당에 이르는 굽이진 산길엔
갖은 야생화가 다투어 피어 있다.

옆으로 비켜서 샛문처럼 자리한 특이한
해탈문(解脫門).

그 너머로 안온한 절마당이 우리를 맞이한다.
대웅전 등 네 개의 절집이 사방으로 마당을 둘러쳤다.
시원한 전망은 없지만, 닫혀 있음으로 해서 열리는 느낌,
편안함이 스며든다.

마당에 있는 고려시대의 5층 석탑에는
세월의 무게가 실려 있다.
휘어진 나무를 그대로 쓴 기둥은 개심사의 명물.
자연을 거스리지 않는 '파격미'를 보여준다.

절집 마루에 앉아 허허로운 마당과
맞은편 무량수각의 유연한 지붕,
그 너머 원경으로 잡히는 가야산 자락을 바라본다.

내 오늘 하루만이라도
얼마나 마음을 씻고 마음을 열었을까.

─『한국명시선』, 『서초문학』에 게재됨.

소래포구

석양의 소래포구, 인천 앞바다.
갈매기 울음소리, 갯내음.
저 먼 남쪽의
내 고향 냄새를 닮아 있다.

썰물 전에 나간 어선은
밀물 때 물길을 따라
포구까지 들어오고…

포구 안마당 어시장엔,
옛 정취를 자아내는 어부들이
만선(滿船)의 기쁨으로
삶의 그물을 풀어놓는다.

힘든 삶이 묻어나는 곳.
정감어린 고깃배.
무수히 나는 갈매기 떼.
활기찬 어촌.

선착장에 모여앉아
그날 어획한 신선한 회를 먹으며,
소주 한잔에
고된 인생을 날려 보낸다.

시골 어촌과 도시가 공존하는 곳.
서민의 애환이 서려 있는
해질녘 소래포구에서
잃었던 내 마음의 고향을 찾는다.

난 이제,
돌아갈 고향이 없어요.

—『한국명시선』에 게재됨.

바다 간이역

마음을 다친 당신이여.
지친 모습 내려놓는
바다 간이역, 정동진.

사는 일이 시시해지면
어디론가 자꾸 떠나고 싶다.
길게 뻗은 철길과
출렁이는 바다.
우리는 어디로 가고 있을까.

멍하니 앉아 있는
시간이 많아졌다.
더 이상 잃을 것이 없으니
투명하게 살아야지.

조용하다 못해 쓸쓸한 마을.
TV 드라마의 알음알이로

‘사색의 간이역’이
‘관광지’로 변했는가.

팍팍한 도시의 삶에 지친
많은 사람들이
밤기차를 타고 온다.
헤어지고 나면
눈에 보여지는 것들…

새벽녘 정동진의 해돋이를 보고
철길과 바닷가를 걷는다.
첫 발자국을 남기는 심정으로,
삶의 위안과 활력소를 얻는다면
변해가는 모습이 아쉽기만 하랴.

—『한국명시선』에 게재됨.

연풍연가(蓮風蓮歌)

— '무안 연꽃축제'를 보고

전남 무안군 회산 백련지.
동양 최대의 백련 서식지,
10만 평 저수지에
홍련·백련·수련이 피어났구나.

여름에 피는 꽃, 연꽃.
뿌리는 진흙 속에 두어도
더러움에 물들지 않고
맑고 깨끗한 순수의 꽃을 피운다.

보트를 타고, 노를 저으며
연꽃 사이를 탐험하면
저 먼 아마존강, 나일강을 탐험하는 재미다.

나무로 만든, 아름다운 곡선의
보드워킹 산책로는
마치 연꽃 위를 거니는 듯한 착각에 빠지게 한다.

열기구(熱氣球)*를 타고, 높은 하늘에서
황토골 무안의 10만 평 백련지를 바라보면,
바람부는 초록빛 연잎의 물결 속에
하얀 꽃들이 점점이 보인다.

그 점 속에 내가 있고
내 속에 그 점이 있어,
하나의 우주가 된다.

'꽃중의 군자'는 백련이랜다.
한 송이 연꽃이 피기까지는
얼마나 많은 비바람을 거쳐야 하는가.

하늘을 향해
차를 한잔하는 여유.
자연의 위대함을 느끼는 기분 좋은 일.

홍련 · 백련 · 수련의 연꽃 세상…

뻘 속에서 진주가 나듯
진흙 속에서도 연꽃은 피어난다.

—『한국명시선』에 게재됨.

* 열기구(熱氣球) : hot-air balloon 커다란 공기주머니에 강한
  불꽃을 쏘아올려 이때 생기는 부력으로 하늘을 나는 비행
  기구.

간월암(看月庵)*

세상에서 가장 아름다운 암자를
보신 적 있나요.
서해바다 위에 떠 있는 연화대.
연꽃 모양의 섬 암자를.

무학대사가
달을 보면서 도를 깨쳤다는 물 위의 사찰.
구름 저편,
그 피안의 세계.

갯벌이 드넓은 서해바다.
일몰의 시간.
낙조를 보면서 간월암에 물이 차면
섬이 된다.
서해안의 아름다운 황금빛 석양.

밀물과 썰물따라
육지가 되었다가 섬이 되는 곳.

모진 풍파 견뎌내고 꿋꿋하게 서 있다.

작은 암자, 작은 법당의, 작은 부처.
간월암에서 드리는 기도.
작은 소망 하나.

일상에 지친 중생들은
세파에 찌든 온갖 시름 씻어내려
해탈문을 들어선다.
어찌하면 해탈할 수 있을까.

부처님 전에 합장하고
소원대로 촛불 켜는 마음들.
기도도량의 소원초.
그 연꽃 모양의 연분홍 촛불에다
소원 성취를 빌어 본다.

―『한국명시선』에 게재됨.

＊간월암 : 충청남도 서산시 부석면 간월도리에 있는 작은 섬
　에 위치한 암자.

당신이 오는 소리

창문이 닫혀 있어도 안다.
당신이 오는 소리.
창가를 스치는
당신의 기침소리.

문이 닫혀 있어도 안다.
당신이 오는 소리.
구두 발자국 소리.

계단을 밟아 디디는
당신의 발자국.
당신이 내게 오는 소리.
당신의 숨결…

그 누구에겐들
폭풍우와 비바람이 없었으며
그 누구에겐들
힘들고 어려운 시절이 없었으랴.

우뚝 서서 흔들리지 않는
아람드리 느티나무처럼
당신은 언제나
늘 그 자리에…

—『한국명시선』에 게재됨.

전나무 숲길

오대산 월정사 너머 전나무 숲길.
눈 내린 전나무 숲길,
늘 푸른 상록수를 따라
남편과 함께 걷습니다.

우리나라 제일의 천년의 숲길.
오랜 세월 불법을 구하던
길손을 인도하던 그 구도의 길.
그리고 연인의 길.

청정한 숲길, 눈길을 따라
끝없이 걷습니다.
우리 항상 늘 푸르러요.
저 전나무 상록수처럼…

눈 내린 고즈넉한 전나무 숲길.
티끌 없는 순백의 숲길을 바라보며
우리도 늘 그런

고운 모습으로 살아요.

변함없는 저 전나무 상록수처럼
우리 사랑 영원히 변치 말아요.

역시 당신밖에 없습니다.
전나무 향기보다 더 그윽한
그대의 향기.

전나무 숲길은
부부의 길,
구도의 길,
그리고 어느 한 외로운 시인의 길이요,
이제 막 사랑하기 시작하는
연인의 길입니다.

―『한국명시선』,『종로문학』에 게재됨.

연리지(連理枝)*

제주 성산포가 마주 보이는 우도.
그 우도섬, 바람 부는 언덕 아래
사랑을 속삭이며, 고요히 서 있는
두 사랑나무가 있으니
천년의 사랑, 연리지다.

헤어질까 두려워
두 팔, 두 손 꼭 잡은
사랑나무 연리지.

그 누구도 이들을
떼어놓지 못한다.
세상은 온통 두 사랑나무의
이별을 소원하고,
둘의 사랑을 질투한다.

사랑나무 연리지여.
그 사랑의 향기, 부디 영원하라.

신(信), 망(望), 애(愛)
그리고 계정(桂貞)[*]… 오동나무의 정절.

긴 세월을 견디어낸
두 사랑나무, 연리지는
오늘도 한쪽으로만 바라보는
오동나무의 정절을 기억한다.

—『한국명시선』,『종로문학』에 게재됨.

* 연리지(連理枝) : 나란히 선 두 나무가 손잡고, 마치 사랑을
　속삭이는 형상을 하고 서 있는 사랑나무. 두 나무가 하나의
　가지로 이어진다.
* 계정(桂貞) : 오동나무의 정절을 뜻함.

한결같은 사람

카페리를 타고
찾아간 서해안의 갯벌 모래섬.
송내림이 해안선을 따라 펼쳐져 있다.

봉황새의 머리를 닮은 승봉도.
해국, 갯메꽃, 갯완두, 모래지치, 통보리 사초.
이름 모를 야생화의 천국.

그 하늘 아래 땅 위에
당신이 있어
함께 걷는 해변은 향기의 숲이다.

솔향기 그윽한 오지(奧地)의 섬.
불어오는 해풍 앞에
손잡고 걸으면
눈앞에 펼쳐지는 지난 세월들.

—『한국명시선』,『지구문학』에 게재됨.

新 희망가
—취직 못해 방황하는 젊은이들을 위하여

이 풍진 세상
웬 취직이 이리도 힘드는지
끝없는 방황 끝에
술 취해 우옵네다.

백수 백만 명 시대라,
'아버지보다 못한' 세상이 되었네요.

이 모서리, 저 모서리
세상 모서리에 부딪치며
술에 쩔어 우옵네다.

꽃을 뜯어먹고 살까요
풀을 뜯어먹고 살까요

창문 너머
휘청거리며 지나가는

어느 젊은이여.

오늘은 또 몇 번의
이력서를 썼는가.
백 번인가 이백 번인가.

우리 모두가 휘청거리는
암울한 이 시대에
맨 정신으로는 버티기 힘들어
술에 취해 우옵네다.

아버지!
아버지는 젊은 시절,
얼마나 많은 고뇌의 밤을 지새웠나요.

애야, 일어나라
해질려면 아직 반나절이나 남았다.
부디 '길게' 보거라.

새삼 가슴에 와 닿는
아버지의 큰자리…

—『한국명시선』, 『종로문학』에 게재됨.

인사할까요

스쳐 지나가는 바람처럼
스쳐 지나가는 인연들이 있다.

차라리 내가 먼저 인사를… 인사할래요.
누구를 만나던
내가 먼저 인사할래요.

등을 돌린 채, 엉덩짝 내밀고
인사받기를 기다리는 사람에게
그냥 우리 먼저 인사할까요.

먼저 인사받기를 기다리는
한국인의 오래된 습관…
도대체 왜 그러죠?
먼저 인사하면 체신머리 깎이나요.

따뜻한 말과 다정한 미소,
겸손한 자세도 잊지 말아요.

사랑하고, 베풀고, 칭찬하기에도 부족한 시간.
우리에겐 남은 시간이 얼마 되지 않거든요.

사람들은 서로 상처를 주고
상처를 받으며 살아간다.

돌아선 등을 보며
그리고 마주도 보며
누구를 만나던
차라리 내가 먼저 인사를… 인사할까요!

　　─『한국명시선』에 게재됨.

겨울꽃
—실버의 행진

추위를 빙자코
내 결코 움츠러들지 않으리.
긴 겨울을 이겨낸 꽃.

겨울비에
가로수 플라타너스가
옷을 벗었다.

이제 청춘은 갔도다.
내 청춘이 잠시 마실을 갔나 보다.

너희를 키우느라
등이 굽고 허리가 휘었노라.

여기는
실버 건강댄스 강의실.
실버여 일어나자.

우리에겐 아직
마음속 젊음이 있다.

둔해진 몸매지만
우리는
할머니이기를 거부한다.
진정 기나긴 겨울을 이겨낸 꽃.

―『한국명시선』에 게재됨.

우린 왜 이러고 살까요?

누구를 따돌리고 행복한 적 있나요.
끼리끼리 모여서 무엇을 하나요.
웅크린 모습 위에 웅크러진 생각들로
지금 혹시 괴롭지 않나요?

처음 보는 사람에게 강요한
밥 한 그릇에 '밥거지' 가 되어
자신의 영혼까지 팔았나요.

그 뱃속에
밥 한 그릇이 들어가야
서로 첫인사가 되나요.

우린 서로 자연스러운
어울림이 없어요.
서로 마주보며 방긋 웃는
그런 첫인사는 안 되나요.

누구를 '왕따' 시켜놓고 즐거운 적 있나요.
'끼리끼리 문화' … '패거리 문화' …
정말이지,
우린 도대체 왜 이러고 살까요?

―『한국명시선』에 게재됨.

파꽃의 의미

시골길을 걷다 보면
그 옛날 할머니댁 텃밭이 보인다.
하얀 고추꽃, 노란 오이꽃…
그리고 아이보리색 파꽃이 하늘을 향해 뻗쳐 있다.
식탁에 양념으로 오르는 파도 꽃을 피운다.

그 작은 꽃들이 모여 푸른 파 잎새 사이에서
하얀 모습으로 흔들리나니
작고 화려하지 않은 꽃이니 천대받을 듯,
그래도 어김없이 그 작은 꽃들에게
나비가 날아오고 벌이 찾아든다.

아직 만개하지 않은 파꽃도 마저 피면
나비나 벌들이 얼마나 많이 몰려들까.
파꽃 한 송이에는
셀 수도 없는 수많은 꽃송이가 모여 있고,
작디작은 것들이 모이고 모여
둥그런 꽃들을 피운다.

여럿이 모이면 아무래도 모가 나기 쉬운데,
그렇게 여럿 모여서도
두리뭉실 살아가니 좋아 보인다.
파꽃은 식탁 위의 파처럼
살맛나는 우리의 세상살이에 구미를 돋운다.

화려하지 않은 수수함으로 다가오는 꽃들.
꽃은 예뻐야 한다고?…
백합과 모양도 향기도 전혀 닮지 않았어도
파꽃은 분명 '백합과' 식물이다.

곡절 많은 여인네의 들풀 같은 삶.
그 뒤안길 인생이 바로 파꽃인 듯,
하늘 향해 쭉쭉 뻗어나간 그 기상.
나도 꽃이라고 팟잎 사이로 맘껏 피어났다.

—『한국명시선』에 게재됨.

감이 익을 무렵

어린 시절,
우리집 뒤뜰엔
커다란 감나무 한 그루 있었다.

워낙 고목이라
감은 조금 매달렸지만
해마다 감꽃만은 활짝 피었었다.

키 큰 삼촌을 졸라
감나무를 흔들게 하고는
떨어지는 꽃잎을
한아름 받아먹던 그 기억도 새롭다.

감이 익기가 무섭게 따 먹었고
행여 덜 익은 감은
소금물에 며칠씩 담갔다가
떫은 맛조차 좋아들 했다.

정보화 시대의 풍요로움 속에
감뿐만 아니라
많은 것들이 잊혀져가고…

내가 살고 있는
우리 동네 뒷집에도
해마다 감나무에 감은 매달린다.
감 따먹기엔 관심 없는 사람들.
하기사 나부터가 바라보고만 있지 않은가.

해마다 감이 익을 무렵이면
모든 것이 부족하고 힘들었던
그 옛날 순수의 시절이
유난히도 그리워진다.

—『한국명시선』에 게재됨.

거북이의 행진

토끼처럼 바삐 살았다.
저 언덕을 넘어
쫓기듯 도망치듯

어느 날 문득
하늘을 바라보니
거기 구름도 흐르고
바람도 불더라.

우리가 아무리 서둘러도
맥박의 속도나
혈류의 속도는 빨라지지 않는다.

반짝이는 것은 별만이 아니다.
가끔씩 돌아보는 마음까지도.

우리 모두 마음의 텃밭을 가꾸자.
생활의 여유, 마음의 평화.

거북이가 내게 하는 말.
'느리게 살자'

—『한국명시선』에 게재됨.

길벗

어떻게 살아야
제대로 사는 것인가 하는
본질적인 고민에 빠졌을 때,
세월은 '아다지오'에서
'알레그로'로 흐른다.

인연은 화초와 같은 것.
매일 물 주고 돌보며
가꾸어야 한다.

살아오면서 크게나 작게
인간관계의 가지치기를 해 왔다.
이해를 앞세우면
실망이 앞서기 때문.

조건 없는 우정은 없을까.
많은 것은 없다는 것과 결부된다.

‘온 것처럼 간다’는 것이
범상한 일은 아니다.

나는 지금
서초골, ‘궁녀머길’ 지나
‘사군자길’을 걷고 있다.
인생의 반려자, 남편과 함께.

‘문학인’이라는 내 인생에 있어서
진정한 길벗은 또 어디에 있을까.

―『한국명시선』에 게재됨.

꿈을 펼쳐라
—아들딸들에게

우리는 살아가면서
많은 것들을 잃어버리고 산다.
지갑이나 수첩 같은 것…
때때로 의욕이나 희망조차도
잃어버릴 때가 있다.

하고 싶은 일들이 너무 많아
숨가쁘게 앞만 보고 달려왔나?
가끔씩 브레이크를 걸어
뒤도 돌아보고 옆자리도 바라보자.

누구나 가슴속에
불꽃 하나씩 안고 살아간다.

번개에, 장마에
분주한 아침.
인생은 연습도 편집도 없다.
되풀이할 수는 더욱 없다.

꿈을 펼쳐라.
호기심으로 가득찬 세상을 살자.
행복은 향수와 같아서
자신에게 뿌리다 보면
남에게도 뿌려지니까.

명품 세상

까만색의
명품 화장지 나왔단다.

화장지도 명품을 쓰니
화장실이 웃는다.

시계에, 옷에, 핸드백에…
세상은 바쁘게 돌아가는데
사람은 왜 명품이 아닐까.

여보세요.
앞에 가는 저 아저씨
그리고 아줌마.

아무리 명품으로 치장을 해도
201호 사람이나

202호 사람은
다 똑같대요.

—『한국명시선』에 게재됨.

문학동산

단양팔경 유람 갔더니
문학동산 있더라.

우리 마을에도
그런 문학동산 있었으면 좋겠다.

우리들의 글이
맘껏 뛰어놀
그런 문학동산 말이다.

그러다 힘들면
꽃동산, 잔디밭에
지그시 누울 것이다.

분수물이 튀어도 나는 몰라.
우리들의 영혼이

영원히 살아 숨쉬는 곳.
그런 문학동산…

—『한국명시선』에 게재됨.

살아 있는 그날까지

어느 휴일,
덩그러니 빈 집에
나 홀로 남았다.

문득 생각나는
할머니의 '스킨쉽'

"이젠 나를 만져줄 사람이 없어"
돌아간 영감님을 생각하는
어느 할머니의 푸념.

스킨쉽은
살아 있는 사람들에게만 주어지는
축복이다.

살아 있는 동안
마음껏 아껴주고
쓰다듬고 안아주자.

거리를 좁혀서
손을 잡고
서로 다독거리며 살아야겠다.

기다려지는
가족들의 귀가.

살아 있는 그날까지
좀더 부딪치면서
우리 서로서로 사랑하며 살아요.

—『한국명시선』에 게재됨.

사람답게 살자

보랏빛 가지꽃이 말하기를
'사람답게 살자'
토란꽃도 이구동성.
그렇지 그렇지.

푸른 초원 위에 뛰노는
한 마리 사슴처럼
우리는 대자연 앞에 자유롭다.

태초부터 인간과 자연은
함께 평화로운 삶을 나누며 사랑을 노래한다.
고단한 삶의 짐들은 어딘가에 벗어두고.

하늘까지 뻗어오르는 꿈.
강물로 던져버린 허세와 허욕.

나는 누구일까.
우리는 어디로 가고 있나.

끝없이 반문하며 오늘도 하루를 보낸다.

욕망으로 가득찬 마음을 비우고
진정한 마음의 자유를 누려 보자.
남의 불행을 딛고 일어서는 행복은 없다.
짐승의 나라, 로마제국의 멸망을 기억하는가.
부디 '사람답게 살자'!

풀벌레

누가 알아주지 않아도
풀벌레는
열심히 운다.

그가 세상을 나온
이유이기 때문이다.

삶은 오케스트라.
모든 소리가
조화를 이루어야 한다.

이 아침
내가 내야 할 소리는
얼마만한 것일까.

작은 풀에도 이름은 있다.
그래서 풀벌레는

오늘도 열심히 운다.

—『한국명시선』에 게재됨.

페르시안 드림

어릴 적 우리 동네 처자언니 집엔
울타리 너머로 석류나무 한 그루 있었다.

새콤달콤 그 맛에 훔쳐도 먹던
한 무리 계집아이들은 다 어디로 갔을까.
저마다 하나씩 사연들을 가지고…

소나기 지나간 어느 아침,
장독대 옆에 핀 붉은 석류꽃 앞에
양귀비가 서 있다.

사랑과 미움과 격정의 세월을 다 보내고
찬바람 부는 가을날 분노를 터뜨린다.
사금대(沙金袋)는 루비로 가득찬 붉은 주머니다.

석류가 어디 풍요와 번영의 뜻 뿐이었을까.
피곤한 일상에의 탈출,
아름다움 그리고 젊음… 양귀비의 꿈.

내게 청춘이 있었던가.
호리병 속의 붉은 액체, 이란산 석류 엑기스.
나는 오늘도 한잔의 젊음을 마신다.

날마다 반복되는 초로(初老) 여인의 꿈.
차라리 와인이었으면 좋으리.
석류, 여성의 과일…
내 감히 석류미인(石榴美人)을 꿈꾼다.

—『한국명시선』에 게재됨.

코코넛 나무의 전설
—남아시아 대재앙에 부쳐

먼 나라 이웃 나라.
저 '쓰나미' 바다를 아시나요.
그날 바다 밑에선 무슨 일이?
거대한 지진 · 해일이 일어

흰 깃발… 사이렌 소리…
2005년 첫날 하늘을 덮어
하늘도 서러운 듯 비가 내린다.
탐욕이 자리잡지 않은 삶의 터전은
환상과 꿈에 지나지 않지.
인간의 오만에 대한 신의 응징인가.

생명에의 외경, 생존에의 갈망…
도시의 그림자, 그 아비규환의 거리, 불꺼진 창.
우리 모두는 언제 무너질지 모르는 다리 위를 지나고 있다.
자연의 질서와 횡포 앞에서
패배를 인정할 수밖에 없는 우리, 무력한 인간.

그러나 행운은 결코 포기하지 않는 자의 것!
코코넛 나무에 매달려 떠내려온 사람들…
열매와 빗물이 그들의 생명의 원천이다.
인간의 목숨은 얼마나 소중하고 대단한 것인가.

인간 한계를 극복하고 극적으로 구조된 이들은
우리에게 삶의 희망을 준다.
나무에 매달려 표류하다
무인도에서 25일 만에 구조된 인간 승리도 있다.
한 생명이 소생할 때마다 카타르시스를 느낀다.

자성(自省)하며 무사안일과 적당주의를 돌아보자.
生과 死의 갈림길…
떠나간 넋들의 원통한 눈물이련가.
천재지변의 거리에 비가 내린다.
이 찬란한 남은 자의 슬픔…
슬픔엔 국경이 없다.

―『한국명시선』에 게재됨.

해바라기
―영화 〈해바라기〉를 보고

러시아의 황량한 들판.
작열하는 태양 아래,
바람에 흔들리는 수많은 해바라기 무리들.

그 누가 뿌렸는가.
해바라기 씨를…
전사한 병사들 공동묘지 위로.

러시아와 이태리 접전지역.
치열한 전투 끝에
뒤엉켜 전사한 양국 병사들.
무참히 전사한 병사들 시신을 밑거름으로
해바라기는 피어나고…

적군은 무엇이며
아군은 무엇이더냐.

어머니!
전쟁의 황폐함을
이 아들들, 청춘의 이름으로
세계 만방에 고하소서.

병사들의 고혼(孤魂)이
나를 부른다.

—『한국명시선』에 게재됨.

고향 소묘

새벽 별의 푸른 숨소리가 들리고
늦가을 기러기가 공중에 울음을 뿌리던
즈믄 밤의 강, 가을 산, 황금 들녘.
모두가 이제는 그리움으로 남은 채
세월은 나보다 앞서 고향에 당도해 있다.

내일로 치닫기도 어줍잖고
어제의 방황으로도 부족한 갈림길의 문.
생각해 보면 그런대로 그리움을 짊어지고
내 삶의 한 모퉁이에서 고향으로 돌아왔다.

어릴 적 내 고향 마을은 '포플러마치' 라고 불리웠다.
길게 일자로 뻗은 동네 길가 좌우로
포플러 나무가 이열종대로 늘어서 있어
'포플러의 행진' 이라고 풀이해 봄직하다.
이 포플러의 행진을 따라
냇물이 여인들의 수다처럼 흘러 내렸다.

고만고만한 40호 정도의 집들이
길어다 먹던 우물을 중심으로
웃샘골, 아랫샘, 당산골과 같이 세 곳으로 나뉘어져 있다.

언제나 일손이 부족하던 삼대 과부집엔
팔을 걷어가며 돕던 후한 동네 인심이 있었다.
시집가서 아이를 못 낳아 소박맞고 쫓겨온
분이 언니네 집 뜰엔 왜 그리 봉숭아가 많이도 피던지.
손톱에 꽃물 들인다고 핑계 삼아 언니네 뜰에서
말동무해 주며 노닐던 우리 소녀들.

동네 끄트머리에 우리집이 있어
할머니는 집앞 텃밭에 부지런히 씨뿌리고 거두셨다.
“푸성귀가 제일이야.”
언제나 소낙비처럼 시원하던 내 할머니의 말씀.

우리집 뒤 낙동강변 둑길엔 온갖 풀들이 무성하여
동네 소들을 한데 모아 풀을 뜯기며 ‘소몰이’를 했다

소들은 상상밖으로 유순하고 평화롭기까지 했다.
살아오면서, 세상이라는 초록빛 들판에서
내가 만나는 모든 사람들이
이 소처럼 유순하고 우직했으면 하는 생각을 더러 한다.

낙동강변에 조갯배가 들어오고
기다리던 아낙들은 조개를 받아 밤늦도록 끓여서는
이른 새벽, 가까운 도시로 '재첩국'을 팔러 다녔다.
지난밤 숙취한 어느 가장의 아침 해장국으로…

공업단지가 되면서 불도저가 밀어버린 내 유년의 집.
감나무가 있던 뒤뜰엔 디스코텍의 네온사인이 휘황하다.
이제 내 어머니가 엎디어 쉬고 계신 벽돌집이 되었다.

아파트 단지 굴뚝에서 피어오르는 수직연기가 아니라,
마을을 포근히 안고 피어오르는 저녁연기의 부드러움.
낮게 깔리는 저녁연기가 아름답던 마을 앞.

가녀린 오이꽃이 한창이던 텃밭에는
기쁨보다는 슬픈 기억이 더 많다.

원래의 흙 냄새는 많이 변했지만
저기 어줍잖게 남아 있는
대숲마을의 풍경은
영원히 간직하고 싶어진다.

—『한국명시선』에 게재됨.